COLLECTION SOULAVIE

CONDITIONS DE LA VENTE

Elle sera faite au comptant.

Les acquéreurs paieront *dix pour cent* en sus des prix d'adjudication.

M. Loys Delteil remplira les commissions que voudront bien lui confier les amateurs ne pouvant y assister; il se réserve, en outre, la faculté de diviser ou de rassembler les lots.

MM. les amateurs pourront visiter la collection, *22, rue des Bons-Enfants*, du Mercredi 20 au Samedi 23 Avril, de 10 heures à 4 heures.

Exposition publique, à l'Hôtel Drouot, le Dimanche 24 Avril, de 2 heures à 6 heures.

ORDRE DES VACATIONS

Lundi 25 avril	Nos 1 à 90
Mardi 26 —	Nos 91 à 176

CATALOGUE

de la

Collection de Dessins

formée par

J. L. SOULAVIE

1783-1811

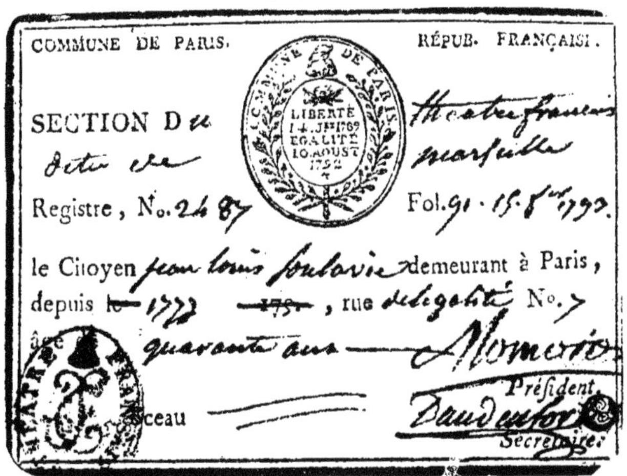

COMMUNE DE PARIS. RÉPUB. FRANÇAISE.

COMMUNE DE PARIS — LIBERTÉ 14. JUILLET 1789 ÉGALITÉ 10. AOUST 1792

SECTION Du théatre françois
dite de marseille

Registre, No. 2487 Fol. 91 · 15 8bre 1792.

le Citoyen jean louis Soulavie demeurant à Paris, depuis 1773, rue de l'égalité No. 7

âgé quarante ans — Momoro
Président

Sceau — Daudenfort
Secrétaire.

C'est la Carte du Propriétaire
de la présente Collection

dont la vente aura lieu

à Paris, HOTEL DROUOT, Salle No 7

Le Lundi 25 et le Mardi 26 Avril 1904

à 3 heures

Par le Ministère de Me MAURICE DELESTRE

COMMISSAIRE-PRISEUR

5, *Rue Saint-Georges*

Assisté de M. LOYS DELTEIL, Artiste-Graveur, Expert

22, *Rue des Bons-Enfants*

N° 6 du Catalogue.

DÉSIGNATION

ANONYMES

1. — Démonstration navale en présence du roi (Louis XVI).

A la plume, lavé d'encre de chine.

Haut. : 261 ; Larg. : 433.

2. — L'Accouchement de la Constitution.

Plume et encre de chine.

Haut. : 226 ; Larg. : 325.

3. — Allégorie relative à la Constitution Française.

A la plume, lavé de bistre.

Haut. : 322 ; Larg. : 485.

4. — *Vue perspective d'un Monument à La Liberté élevé en 1791, au milieu de la promenade de l'Esplanade, à Montpellier.*

A la plume, lavé d'aquarelle.

Haut. : 473 ; Larg. : 385.

5. — Tête de Brissac fichée sur une pique. (Il fut massacré à Versailles en septembre 1792.)

A la plume.

Haut. : 040 ; Larg. : 025.

6. — Charlotte Corday remet son placet à Marat.

A l'encre de chine.

Haut. : 045 ; Larg. : 025.

7. — Assassinat de Marat, par Charlotte Corday.

Au crayon noir sur papier bleu, avec rehauts de blanc.

Haut. : 410 ; Larg. : 473.

8. — Alexandre Lenoir défendant les Monuments contre la fureur des Terroristes.

Plume et sépia.

Haut. : 226 ; Larg. : 344.

9. — La Fayette délivré par les soins du Gal Buonaparte.

A l'encre de chine.

Haut. : 313 ; Larg. : 236.

10. — *La Liberté affermie, XIX fructidor an V:* projet de médaille pour l'Académie de médecine.

A l'encre de chine.

Diamètre : 120.

11. — Les Rats de Cave.

A la plume, lavé d'encre de chine. A été gravé.

Haut. : 175 ; Larg. : 246.

AUGUSTIN (Jean-Bapt. Jacques)

12. — La Duchesse de Biron, née Boufflers, dessinée à 30 ans (décapitée le IX messidor an 2).

Au crayon noir. De forme ronde.

Diamètre : 208.

BACHELIER (Jean-Jacques)

13. — Portrait de l'artiste, Instituteur et directeur des Écoles gratuites de dessin.

Au crayon noir. De forme ronde.

Diamètre : 160.

BALLONS (Dessin relatif aux)

14. — Mort tragique des frères Pilatre de Rozier; au-dessous de la scène, leurs portraits en médaillon.

Plume et encre de chine.

Haut. : 260; Larg. : 170.

BAUDRY

15. — *Baudry, Premier commis de la 4e division des affaires étrangères, dessiné par son fils.* (Décapité le 24 messidor, an 2).

A la mine de plomb, avec rehauts de plume. De forme ovale.

Haut. : 130 ; Larg. : 114.

BONNART ?

16. — Portrait en pied d'un officier supérieur ou d'un Prince du sang.

A la plume, lavé d'encre de chine.

Haut. : 242 ; Larg. : 177.

BRIARD (Gabriel)

17. — Antoine Ratabon, surintendant des Bâtiments du Roi, d'après Rabon.

Au crayon noir.

Haut. : 416 ; Larg. : 321.

BRISSART (P.) ?

18. — Portrait de la Pyramide dressée à Paris, devant la porte du Palais, 1592.

A la mine de plomb, sur vélin, avec les textes gravés sur les différentes faces du monument.

Haut. : 590 ; Larg. : 460.

CHEREAU

19. — Figure allégorique de la République.

Miniature sur vélin, de forme ronde.
Signée.

Diamètre : 70 cent.

COCHIN Fils (Ch. Nicolas)

20. — Louis XVI pleuré par la France, est reçu dans l'Éternité.

A la plume, lavé de bistre.

Haut. : 213 ; Larg. : 177.

COSTUMES

21. — *Konigliche Preussische Armée*, 1797, tableau comprenant 234 uniformes différents.

A la gouache.

Haut. : 635 ; Larg. : 420.

22. — Membre du Directoire, en costume de cérémonie.

A la plume, lavé d'aquarelle.

Haut. : 280 ; Larg. : 165.

23. — Membre du Directoire.

A la plume, lavé d'encre de chine et d'aquarelle.

Haut. : 280 ; Larg. : 166.

DAVID (Louis)

24. — *Portrait de Marie-Antoinette, Reine de France, conduite au supplice ; dessinée par David, spectateur du convoi, et placé sur la fenêtre avec la citoyenne Jullien, de qui je tiens cette pièce.*

A la plume.

Haut. : 150 ; Larg. : 112.

25. — Charge de Mirabeau l'aîné.

A la plume, lavé d'encre de chine.

Haut. : 163 ; Larg. : 113.

26. — Charge de Mirabeau-tonneau.

A la plume, lavé d'encre de chine.

Haut. : 172 ; Larg. : 120.

DE LA FOSSE (Jean-Charles)

27. — Décoration pour la Fête de la Paix de 1763.

A la plume, lavé d'encre de chine.

Haut. : 348 ; Larg. 455.

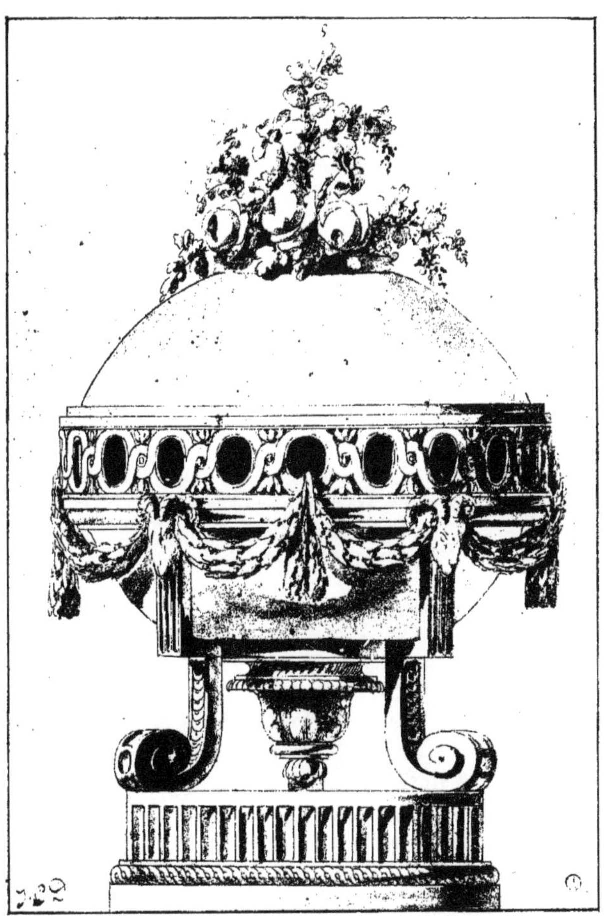

N° 32 du Catalogue

28. — Cheminée à Marly, 1774.

A la plume, lavé de sépia.

29. — Décoration de cheminée.

A la plume, lavé d'encre de chine et de bistre.

Haut. : 262 ; Larg. 140.

30. — Décoration de cheminée.

A l'encre de chine et bistre.

Haut. : 212. Larg. : 100

31. — Pendule, 1774.

A la plume, lavé d'encre de chine.

Haut. : 399. Larg. : 226.

32. — Brule-parfums.

A la plume, lavé d'encre de chine.
Signé des initiales.

Haut. : 300. Larg. : 205.

33. — Aiguière.

A la plume, lavé d'encre de chine.

Haut. : 253. Larg. 165.

34. — Sucrier.

A la plume, lavé d'encre de chine.

Haut. : 136. Larg. 093.

35. — Lampadaire.

A la plume, lavé d'encre de chine et de bistre.

Haut. : 115. Larg. : 084.

36. — Chandelier.

A la plume, lavé d'encre de chine.

Haut. : 362. Larg. : 131.

37. — Deux chandeliers.

A la plume, lavés d'encre de chine.
Signés des initiales de l'artiste.

Haut. : 305. Larg. : 192.

38. — Manches de couteaux.

Deux dessins à la plume, lavés d'encre de chine.

39. — Garde d'épée.

A la plume, lavé d'encre de chine.

Haut. : 212. Larg. : 132

40. — Garde d'épée.

A la plume, lavé d'encre de chine.

Haut. : 210. Larg. : 116.

41. — Table.

A la plume, lavé d'encre de chine.

Haut. : 175. Larg. : 235.

42. — Table pour M. le Duc de Cossé, 1774.

A la plume, lavé de couleurs.

Haut. : 162. Larg. : 227.

43. — Autre Table pour le même personnage.

A la plume, lavé de couleurs.

Haut. : 117 ; Larg, : 116.

44. — Console.

A l'encre de chine.

Haut. : 114; Larg. : 179.

45. — Pieds de table.

A la plume, lavé d'encre de chine.

Haut. : 312 ; Larg. : 180.

46. — Chenets.

A la plume, lavé d'encre de chine.

Haut. : 137 ; Larg. : 244.

47. — Chenets.

A la plume, lavé d'encre de chine.

Haut. : 135 ; Larg. : 243.

DESRAIS (Claude-Louis)

48. — Le Dauphin se promenant dans le Jardin des Tuileries avec le Roi et la Reine, un enfant lui présente les armes.

Plume et sépia.
A été gravé.

49. — Portrait équestre de Bonaparte, l'épée à la main.

A l'encre de chine, lavé de bistre.
A été gravé.

Haut. : 265 ; Larg. : 180.

50. — Bonaparte couronné par la Paix, allégorie relative à la *Paix d'Amiens, an X*.

A la plume, lavé d'encre de chine.
A été gravé.

Haut. : 223 ; Larg. : 160.

51. — Bonaparte couronné par la Victoire, allégorie relative à la bataille de Marengo.

Plume et sépia. A été gravé.

Haut. : 047 ; Larg. : 177.

52. — Le Culte catholique rendu au Peuple Français par le 1er Consul Bonaparte.

A la plume, lavé d'encre de chine et de bistre. A été gravé.

Haut. : 251 ; Larg. : 171.

53. — Portrait en pied du Général Bonaparte, tenant un feuillet.

A la plume, lavé de bistre.

Haut. : 220 ; Larg. : 150.

54. — Napoléon Ier assis sur son trône.

Plume et sépia.

Haut. : 179 ; Larg. : 243.

55. — Napoléon Ier sur le pavois.

A la plume, lavé de sépia.

Haut. : 160 ; Larg. : 173.

56. — Buste de Napoléon entouré d'un faisceau de drapeaux, reposant sur un piédestal avec inscription anagrammatique.

Plume et sépia.

57. — Portrait en pied du Général Hoche.

A la plume, lavé d'encre de chine.
A été gravé.

Haut. : 219 ; Larg. 159.

58. — Combat de cavaliers, motif entourant un cartouche resté en blanc et destiné à un frontispice.

A la plume, lavé de bistre.
A été gravé.

Haut. : 211 ; Larg. : 340.

59. — Le Baron de Trenck en prison.

A la plume, lavé de bistre.

A été gravé.

Haut. : 233 ; Larg. : 193.

60. — Capitulation d'une ville. (Scène relative à la Guerre d'Amérique ?)

A la plume, lavé de sépia.

Haut. : 162 ; Larg. : 132.

ENLUMINURE

61. — Bulle du Pape Paul III, ornée d'une bordure peinte en or et couleurs avec la Cène et la Messe de St-Grégoire, 1582.

Haut. : 500 ; Larg. : 770.

N° 67 du Catalogue

ÉVENTAILS

62. — Prise de Namur, par Louis XIV, 1692.

Gouache.

Haut. : 160 : Larg. : 260.

63. — La Réforme des monnoyes, 1690.

Gouache.

Haut. : 165 ; Larg. : 250.

64. — Eventail allégorique sur le Clergé.

A la plume, lavé d'encre de chine.

Haut. : 210 ; Larg. : 450.

65. — Allégorie relative au Tiers-Etat, avec 4 couplets.

A la plume, lavé de bistre.
A été gravé.

Haut. : 195; Larg. : 450.

66. — Allégorie sur la *Montagne*.

A l'encre de chine.

Haut. : 220; Larg. : 440.

67. — L'Ambassadeur ottoman déclare que les Françaises sont préférables aux Circassiennes, dessin de C. L. Desrais.

Plume et sépia.

68. — Bonaparte couronné par la Victoire, dessin de C. L. Desrais.

A la plume, lavé de bistre.

69. — Bonaparte couronné par la Victoire, tient enchaînés à son char, le Roi d'Angleterre et son Ministre.

Au crayon noir, dessiné au trait.

Haut. 227; Larg. : 435.

70. — Prise de Saint-Domingue, dessin de C. L. Desrais.

A la plume, lavé de bistre.

Haut. : 212; Larg. : 450.

GRAVELOT (Hubert)

71. — Pallas protège la marine Française.

Plume et encre de chine.

Haut. : 180; Larg. 150.

LE BARBIER (attribué à)

72. — Allégorie relative à la République (Directoire exécutif). Projet de médaille.

A la plume, lavé de bistre.

Diamètre : 210.

LE BRUN (Ecole de Ch.)

73. — *Décoration de la partie du cirque qui sera adossée aux Champs-Elysées* pour un feu d'artifice.

A la plume, lavé d'encre de chine.

Frise de 3 m. environ.

LE DRU (Hilaire)

74. — Portrait de Brune, en pied, appuyé contre un roc.

A la plume, lavé d'encre de chine.

Haut. : 284 ; Larg. : 170.

N° 98 du Catalogue

LITTRET

75. — Fontanes (Louis de), né à Niort, en Poitou, le 6 mars 1757.

Signé.
A la mine de plomb, sur velin.

Haut. : 218 ; Larg. : 178.

LOUIS XVI et à MARIE-ANTOINETTE (Dessins relatifs à)

76. — Agnus Dei.

Au bas, longue légende manuscrite : *Plusieurs amis du Roi ayant fait religieusement recueillir sur lechaffaut & par terre, les goûtes perdues du sang de leur maître, ils en distribuèrent dans divers dessins, les empreintes sur la blessure de l'Agneau de Dieu... C'est de M. de la Borde que je tiens cette figure pour la placer dans cette collection, de sa part...*

A l'encre de chine, de forme ronde.

77. — Louis XVI rappelant Necker fait cesser les abus et ramène le bonheur, allégorie.

A la plume, lavé de bistre.

Haut. : 280; Larg. : 420.

78. — *Le Roi de France et la Canaille des fauxbourgs qu'on osait appeler le Peuple français.*

A la plume, lavé d'encre de chine.

Haut. : 099 ; Larg. : 147.

79. — Conférence de Louis XVI avec Péthion, maire de Paris sur l'incursion du peuple.

A la plume, lavé d'encre de chine.

Haut. : 094 ; Larg. : 147.

80. — La Famille Royale enfermée au Temple.

A la plume, lavé d'encre de chine.

Haut. : 093 ; Larg. : 147.

81. — *Premier repas de Louis XVI et de sa famille dans sa prison du Temple, dessin pris sur le lieu Même par un officier de sa garde et remis à M. Soulavie pour sa collection.*

A la plume, lavé d'encre de chine.

Haut. : 090 ; Larg. : 143.

82. — Louis XVI conduit dans la voiture du Maire, du Temple à la Convention (11 décembre 1792.)

A la plume, lavé d'encre de chine.

Haut. : 093 ; Larg. : 160.

83. — Louis XVI à la Barre de la Convention est interrogé par Barrère.

A la plume, lavé d'encre de chine.

Haut. : 093 ; Larg. : 160.

N° 48 du Catalogue

84. — Louis XVI sur l'échafaud. (*Infame Pitt c'était ton ouvrage et le Roi Louis XVI le scavait.* Note de Soulavie).

A la plume, lavé d'encre de chine.

Haut. : 093 ; Larg. : 160.

85. — Marie-Antoinette devant le Tribunal révolutionnaire.

A la plume, lavé d'encre de chine.

Haut. : 094 ; Larg. : 153.

86. — Marie-Antoinette arrivée à l'échafaud : elle s'excuse d'avoir mis le pied sur l'infâme Bourreau.

A la plume, lavé d'encre de chine.

Haut. : 95 ; Larg. : 147.

87. — Marie-Antoinette d'Autriche, Reine de France, décapitée le 14 octobre 91 (pour 1793), portrait-médaillon sur un fond d'architecture : au bas, scène de l'envahissement des appartements de la Reine.

A la plume, lavé d'encre de chine.

Haut. : 405 ; Larg. : 270.

MALLET

88. — Le Général Dampierre à mi-corps, en uniforme.

A la pierre noire.
Signé : *Désiné par mallet. Elève de david.*

Haut. : 233 ; Larg. : 185.

MONNET (Charles)

89. — Le Temps détruisant les monuments de la tyrannie.

A la plume, lavé de sépia.

Haut. : 235 ; Larg, : 165.

MONNET (Charles) ?

90. — Louis XVI sur l'échafaud parlant au Peuple.

A la plume, lavé de bistre.

Haut. : 90 ; Larg. : 142.

NAPOLÉON Ier (Dessins relatifs à)

91. — Bonaparte, tourné de profil à droite.

Médaillon.
A la sépia.

Diamètre : 105.

92. — Bonaparte, tourné de profil à droite.

Médaillon.
Au crayon noir.

Diamètre : 103.

N° 24 du Catalogue

93. — Marie-Louise reçoit une supplique d'une femme agenouillée pour la remettre à l'Empereur.

A la mine de plomb.
A été gravé.

Haut. : 147; Larg. : 230.

ORNEMENTS

94. — Décoration de cheminée.

A la plume, lavé d'encre de chine.

Haut. : 415; Larg. : 270.

PARIS (Dessins relatifs à)

95. — Alerte dans les Champs-Elysées.

A la plume, lavé d'encre de chine.

Haut. : 95 ; Larg. : 153.

96. — Incendie des Pavillons situés dans la plaine du Carrousel.

A la plume, lavé d'encre de chine.

Haut. : 95 ; Larg. : 154.

97. — Plan de la Bastille, dans une bordure composée de faisceaux et d'emblêmes révolutionnaires.

A la plume, rehaussé d'aquarelle.

Haut. : 410 ; Larg. : 615.

98. — Renversement de la statue de Henri IV, sur le Pont-Neuf — Renversement de la statue de Louis XIII, Place Royale. Deux dessins sur le même feuillet.

A la plume, lavés d'encre de chine.

Haut. : 152 ; Larg. : 097.

99. — Renversement de la statue de Louis XV, place de la Concorde — Renversement de la statue de Louis XIV à l'Hôtel-de-Ville. Deux dessins sur le même feuillet.

A la plume, lavés d'encre de chine.

Haut. : 152 ; Larg. : 097.

100. — Destruction des statues de Louis XIV, de la place Vendôme et de la place des Victoires.

Deux dessins à la plume, lavés d'encre de chine, sur le même feuillet.

Haut. : 155 ; Larg. : 100.

101. — Exposition d'un condamné sur la Place de la Concorde.

A la plume, lavé d'encre de chine.

Haut. : 095 ; Larg. : 152.

102. — Le Peuple des Fauxbourgs allant au château des Tuileries, demander au Roi le retour des ministres jacobins.

A la plume, lavé d'encre de chine.

Haut. : 098 ; Larg. : 152.

103. — Commencement de l'attaque du Château des Tuileries.

A la plume, lavé d'encre de chine.

Haut. : 094 ; Larg. : 150.

N° 81 du Catalogue.

104. — *Le Peuple travaille du côté de Montmartre, à fortifier Paris.* (Septembre 1792).

A la plume, lavé d'encre de chine.

Haut. : 095 ; Larg. : 148.

105. — Massacres des Carmes du Luxembourg — Massacres à l'Hôtel de la Force. Deux dessins sur le même feuillet.

A la plume, lavé d'encre de chine.

Haut. : 151 ; Larg. : 098.

106. — Massacres de l'Abbaye et du Châtelet. Deux dessins sur le même feuillet.

A la plume, lavé d'encre de chine.

Haut. : 099 ; Larg. : 153.

107. — Massacres dans les prisons.

A la plume, lavé d'encre de chine.

Haut. : 093 ; Larg. : 146.

108. — Massacre à la Salpêtrière, des femmes de mauvaise vie.

A la plume, lavé d'encre de chine.

Haut. : 092 ; Larg. : 146.

109. — La maison de l'accoucheur Desormeaux, envahie par une patrouille (27 janvier 1793).

A la plume, lavé d'encre de chine.

Haut. : 093 ; Larg. ; 150.

110. — *Rubans et inscriptions apposés au jardin des thuileries pour en interdire au peuple les approches.*

A la plume, lavé d'encre de chine.

Haut. : 093 ; Larg. : 147.

111. — Intérieur de la Halle au Blé.

A la plume, lavé d'encre de chine et d'aquarelle.

Haut. : 410 ; Larg. : 600.

POISSON (M.)

112. — Projet d'un Monument national à l'honneur de Louis XVI après l'acceptation de la Constitution, 1790.

A la plume, lavé d'aquarelle.
Signé et daté.

Haut. : 236 ; Larg. : 192.

113. — *Monument que l'on pourrait élever sur les grandes routes les plus fréquentées, pour nos héros, martyrs de la Liberté, 1794.*

Signé et daté.
Plume et sépia.

Haut. : 156 ; Larg. : 110.

PORTRAITS

114. — Ayen (H. A. L. D'Aguesseau, Duchesse d'), dessinée au Luxembourg (décapitée le 4 thermidor, an 2).

Au crayon noir.

Haut. : 148 ; Larg. : 124.

115. — J. Silvain Bailly, médaillon dans une bordure en forme de frise.

Mine de plomb et plume.

Haut. : 078 ; Larg. : 195.

116. — La Maréchale de Biron, âgée de 24 ans (décapitée à 71 ans, 9 messidor, an 9).

A la mine de plomb, de forme ovale.

Diamètre : 115.

N.° 86 du Catalogue.

117. — Portrait en pied de Brune, an VI, après la prise de Fribourg.

A l'encre de chine. A été gravé.

Haut. : 220 ; Larg. : 162.

118. — *Le marquis de Brunoy en habit de Paysan, amateur de vases sacrés, et de jolis paysans avec lesquels il portait la chappe.*

A la sanguine et crayon noir.

Haut. : 178 ; Larg. : 163.

119. — Le Duc du Châtelet.

Au crayon noir, de forme ovale.

Haut. : 095 ; Larg. : 072.

120. — *Portrait dessiné au luxembourg de madame de Croisy, Carmélite de Compiègne...., jugée à mort, le 29 messidor, an 2.*

Au crayon noir, avec rehauts, de forme ovale.

Haut. : 168 ; Larg. : 136.

121. — *Mlle E. De Faudoas, née à Caen, décapitée le 25 messidor an 2, à l'âge de 18 ans, dessinée dans sa prison après son jugement.*

Au crayon noir, avec rehauts de sanguine.

Haut. : 295 ; Larg. : 215.

122. — Henri de Fourci, mort en 1638.

Au crayon noir, rehaussé de sanguine.

Haut. : 435 ; Larg. : 327.

123. — Portrait de Garnier, jeune tambour de la République ; au bas, scène représentant le jeune Garnier ramenant deux prisonniers.

A l'encre de chine.

Haut. : 288 ; Larg. : 203.

124. — Gouges (Olympe de), en pied, assise. (*Elle s'était offerte pour défendre Louis XVI*, note de Soulavie).

A la mine de plomb, rehaussé d'aquarelle.

Haut. : 280 ; Larg. : 212.

125. — Grammont (Beatrix de Choiseul, Duchesse de) dessinée à l'Hôtel de Beauvau en 1765.

A la sanguine et crayon noir.

Haut. : 145 ; Larg. : 130.

126. — Joseph II.

Au crayon noir, avec rehauts de blanc. De forme ovale.

Haut. : 314 ; Larg. : 244.

N° 88 du Catalogue.

127. — Alexandre Lenoir, Conservateur des Monuments historiques.

Au crayon noir.

Haut. : 188; Larg. : 161.

128. — Lubonnska (La Princesse).

A la mine de plomb. De forme ovale.

Haut. : 165; Larg. : 143.

129. — Magon — Magon (Mme).

Deux dessins au crayon noir avec rehauts de sanguine, de forme ovale.

Haut. : 205; Larg. : 255.

130. — *J. P. Marat d'après le Masque en Plâtre moulé sur nature peu d'instans après sa mort.*

A la mine de plomb.

Haut. : 175; Larg. : 138.

131. — Marie-Thérèse.

Au crayon noir. De forme ovale.

Haut. : 300; Larg. : 241.

132. — La Maréchale de Mouchi, âgée de 45 ans.

Sanguine et pierre noire.
Contre-épreuve.

Haut. : 170; Larg. : 122.

133. — La Maréchalle de Noailles, à l'âge de 40 ans (décapitée à l'âge de 70 ans).

Sanguine et pierre noire.
Contre-épreuve.

Haut. : 150; Larg. : 131.

134. — Le Marquis de Roquelaure.

A la mine de plomb, lavé d'aquarelle.

Haut. : 176; Larg. : 138.

135. — Rousseau (Jean-Jacques), dessiné en 1776.

Au crayon noir, avec rehauts de blanc sur papier bleu.
Médaillon.

Diamètre : 215.

136. — Rousseau (Jean-Jacques), dernier portrait dessiné à Ermenonville en 1778.

Plume et sépia. De forme ovale.

Haut. : 145; Larg. : 122.

137. — Seneterre (Mme la Maréchale de).

A la mine de plomb.

Haut. : 153; Larg. : 116.

N° 56 du Catalogue.

138. — Terray (A.), ancien intendant de Lyon (décapité le IX floréal an 2).

Au crayon noir et sanguine.

Haut. : 190; Larg. : 155.

139. — *Voltaire dessiné à paris lorsqu'il se releva un moment de sa maladie.*

A la plume, lavé d'encre de chine. De forme ovale.

Haut. : 145; Larg. : 120.

140. — Personnage inconnu (Epoque Louis XVI).

A la pierre noire. De forme ovale.

Haut. : 110; Larg. : 86.

PROVINCE (Dessins relatifs à diverses villes de)

141. — Bombardement de Lille par l'armée autrichienne (25 septembre 1792).

A la plume, lavé d'encre de chine.

Haut. : 092 ; Larg. : 160.

142. — Douze cents lyonnais jetés dans les caves de l'Hôtel-de-Ville de Lyon.

A la plume, lavé d'encre de chine.

Haut. : 094 ; Larg. : 149.

143. — Les Prisonniers d'Orléans massacrés à Versailles.

A la plume, lavé d'encre de chine.

Haut. : 097 ; Larg. : 152.

144. — Le receveur Sauveur mis à mort par les émigrés, à la Roche-Bernard.

A la plume, lavé d'encre de chine.

Haut. : 097 ; Larg. : 140.

145. — Acte de bravoure de Dandurand, M[al] des Logis, en Vendée (10 Brumaire, an 2).

A la plume, lavé d'encre de chine.

Haut. : 094 ; Larg. : 144.

PRUDHOMME (L.)

146. — *Tableau d'une partie des Crimes commis pendant la Révolution et particulièrement sous le régime de la Convention Nationale.*

Plume et encre de chine.

On y a joint la gravure en contre-partie.

Haut. : 174 ; Larg. : 222.

N° 16 du Catalogue.

RÉVOLUTION (Dessins relatifs à la)

147. — *Déclaration du Danger de la Patrie.*

A la plume, lavé d'encre de chine.

Haut. : 094 ; Larg. : 147.

148. — *Cérémonie des premiers Enrolemens de la Jeunesse pour la deffense de la Patrie (1792).*

A la plume, lavé d'encre de chine.

Haut. : 094 ; Larg. : 147.

149. — *Fête à l'honneur des Républicains morts le 10 aoust Pendant le Siège du château des thuileries.*

A la plume, lavé d'encre de chine.

Haut. : 094 ; Larg. : 152.

150. — Baiser de Paix dans l'Assemblée Nationale (7 juillet 1792), dit le Baiser Lamourette.

A la plume, lavé d'encre de chine.

Haut. : 094 ; Larg. : 152.

151. — 21 Juillet 1792.

A la plume, lavé d'encre de chine.

Haut. : 094 ; Larg. : 147.

152. — Entrée des Français en Savoie (23 septembre 1792).

A la plume, lavé d'encre de chine.

Haut. : 095 ; Larg. : 153.

153. — La Fête de la Liberté pour la réunion de la Savoie à la France.

A la plume, lavé d'encre de chine.

Haut. : 097 ; Larg. : 152.

154. — Les Ornements des Églises apportés à la Convention.

A la plume, lavé d'encre de chine.

Haut. : 094 ; Larg. : 147.

155. — Dumouriez reçu à la porte de Bruxelles comme un libérateur (14 novembre 1792).

A la plume, lavé d'encre de chine.

Haut. : 094 ; Larg. : 156.

156. — *Francfort repris par les prussiens... 1200 français massacrés* (2 décembre 1792).

A la plume, lavé d'encre de chine.

Haut. : 093 ; Larg. : 161.

N° 28 du Catalogue.

157. — Victoire des Français à Mons, 13 messidor an 2.

A la plume, lavé d'encre de chine.

Haut. : 093 ; Larg. : 160.

158. — Michel Le Pelletier assassiné par un ex-garde du Corps du Roi.

A la plume, lavé d'encre de chine.

Haut. : 094; Larg. : 148.

159. — *Exposition du Corps et Couronnement Civique de Michel Lepelletier.*

A la plume, lavé d'encre de chine.

Haut. : 094; Larg. : 164.

160. — Pâris, ex-garde du Corps du Roi, se donnant la mort au moment de son arrestation (1er février 1793).

A la plume, lavé d'encre de chine.

Haut. : 094; Larg. : 147.

161. — *Le duc d'Orléans dit Egalité est conduit au Supplice et s'y montre en bonne contenance.*

A la plume, lavé d'encre de chine.

Haut. : 093; Larg. : 148

162. — Charlotte Corday conduite à l'échafaud.

A la plume, lavé d'encre de chine.

Haut. : 094; Larg. : 147.

163. — Les députés de la Gironde condamnés à mort et jettant des assignats au peuple qui les déchire.

A la plume, lavé d'encre de chine.

Haut. : 094; Larg. : 152.

164. — Exécution des Girondins.

A la plume, lavé d'encre de chine.

Haut. : 094; Larg. : 146.

165. — Supplice de neuf Émigrés, à Paris.

A la plume, lavé d'encre de chine.

Haut. : 095; Larg. : 157.

166. — Séance du Tribunal révolutionnaire.

A la plume, lavé d'encre de chine.

Haut. : 094; Larg. : 147.

167. — Personnage couronné devant le Tribunal révolutionnaire.

A la plume, lavé d'encre de chine.

Haut. : 093; Larg. : 146.

168. — Basseville, agent de France à Rome, assassiné chez un banquier.

A la plume, lavé d'encre de chine.

Haut. : 094; Larg. : 147.

169. — Le Comité de Sureté Générale fait bloquer le Palais-Egalité, à 8 heures du soir (27 janvier 1794).

A la plume, lavé d'encre de chine.

Haut. : 94; Larg. : 154.

170. — Fête de la Liberté.

A la plume, lavé d'encre de chine.

Haut. : 092; Larg. : 160.

171. — A la Philosophie, allégorie.

A la plume, lavé d'encre de chine.

Haut. : 094; Larg. : 147.

172. — *Les fureurs du Peuple français contre les Rois*

A la plume, lavé d'encre de chine.

Haut. : 094; Larg, : 146.

173. — *Les Troupes patriotes deffendant la Sainte-Montagne, la Constitution de 1793 et les droits de l'Homme, selon les expressions passionnées du Tems.*

A la plume, lavé d'encre de chine.

Haut. : 094; Larg. : 147.

174. — *Les Boucles d'oreilles des femmes sont arrachées par Violence par des Brigands se disant patriotes.*

A la plume, lavé d'encre de chine.

Haut. : 094; Larg. : 147.

175. — Délivrance de prisonnières.

A la plume, lavé d'encre de chine.

Haut. : 097 ; Larg. : 145.

176. — Sous ce numéro, il sera vendu un certain nombre de dessins non catalogués.

IMPRIMERIE

DE LA GAZETTE DES BEAUX-ARTS

8, RUE FAVART

PARIS

www.ingramcontent.com/pod-product-compliance
Ingram Content Group UK Ltd.
Pitfield, Milton Keynes, MK11 3LW, UK
UKHW020513180726
13839UKWH00005B/2065